tredition®
www.tredition.de

AF608460

Victory

Wellen der Sehnsucht

Verlag & Druck: tredition GmbH, Hamburg

ISBN
Paperback 978-3-7469-6751-6
Hardcover 978-3-7469-6752-3
e-Book 978-3-7469-6753-0

https://tredition.de/autoren/victory-24352/
https://www.facebook.com/Victory-Autorin-187231345185208/
https://twitter.com/VictorySonderb1

Das Telefon läutet. Es ist Rebecca.

„Ich habe es getan!", sagt sie zu ihrer Mutter. „Du kannst dich jetzt in Amerika operieren lassen."

Ihre Stimme hört sich leise und zitternd an. Rebecca ist erleichtert, dass sie das Geld jetzt versteckt hat, das ihre Mutter so dringend benötigt. Mit wenigen Worten erklärt sie ihrer Mutter wo und an welcher Stelle die Banknoten verborgen sind und dass ihre Schwester Gloria diese nach einer Woche gefahrlos dort abholen kann. Erleichtert legt sie, ohne sich zu verabschieden auf, um sich Diskussionen oder gar Vorwürfe zu ersparen.

Rebecca weiß, dass sie Deutschland verlassen muss. Da sie selbst nur noch über wenig Bargeld verfügt, setzt sie sich in den Zug in Richtung Italien.

Gedankenverloren starrt sie auf die vorbeifliegenden Lichter und den sternenlosen Nachthimmel und versucht, sich selbst Mut zu machen. Von nun an wird es Mutter besser gehen. Damit tröstet Rebecca sich, da sie sich schweren Herzens von Zuhause trennt.

Mit ihren langen blonden Haaren und den olivgrünen Augen kann sie es nicht verhindern, ständig die Aufmerksamkeit der Menschen um sie herum zu erregen. Der Schaffner öffnet das Abteil.

„Guten Abend, Ihre Fahrkarte bitte, junge Frau!"

Verlegen gibt Rebecca ihm ihre Karte, die der Schaffner entwertet. Er versucht noch etwas zu flirten, indem er erwähnt, dass solch junge Damen nachts selten alleine in diesem Zug sitzen. Lächelnd erwidert sie: „So?" und ist geschmeichelt, dass man ihr ihre 37 Jahre nicht ansieht.

Mit einem gutgelaunten „Ich wünsche Ihnen eine gute Fahrt!" verlässt er das Abteil. Das Geräusch der ratternden Eisenbahnschienen wiegt sie schon bald darauf in einen traumlosen Schlaf.

Es ist Punkt 7:45 Uhr. Rebecca schreckt auf. Das Handy spielt eine Melodie von Beethoven, die sie als Weckruf am Vorabend auf diese Uhrzeit eingestellt hatte.

Eine tiefe männliche Stimme verkündet über den Lautsprecher, dass der Zug in zehn Minuten sein Ziel erreichen wird. Ein quietschendes Geräusch. Der Zug wird langsamer und kommt schließlich zum Stehen. Sie nimmt ihre kleine Sporttasche, ihr einziges Gepäckstück, und geht in Richtung Ausgangstür. Die Tür ist nur schwer zu öffnen. Doch nun, endlich: Italien ist erreicht. Das Abenteuer kann beginnen.

Vor dem Bahnhof stehen dutzende weißer Taxis mit einem offiziell wirkenden Aufkleber der Taxiunion. Die braungebrannten jungen Männer werben lauthals um Fahrgäste. Rebecca entscheidet sich für den attraktivsten Fahrer, der sich gekonnt vor ihr aufgebaut hat und mit seinem durch das T-Shirt durchscheinenden ‚Six Pack' aussieht, als käme er gerade aus dem Fitness-Center. Sie weist Giovanni – so hatte er sich vorgestellt – mit holprigem Italienisch an, in Richtung Hafen zu fahren. Geleitet von ihrem Instinkt findet sie die richtige Stelle auf dem riesigen Areal, nachdem der Fahrer den Wächter am Tor wortreich davon überzeugt hat, dass es sich bei der Passagierin auf seinem Rücksitz um eine verspätet anreisende Touristin handelt. Giovanni ist deshalb mit Recht wenig begeistert von dem bescheidenen Trinkgeld und macht sich davon, um seinen notwendigen Tagesumsatz doch noch zu erreichen.

Geblendet von der trotz der frühen Stunde schon sehr aktiven Sonne richtet Rebecca ihre Aufmerksamkeit auf das Ziel ihrer abenteuerlichen Fahrt durch die holprigen Straßen der Stadt.

Da liegt sie nun vor ihr, groß und mächtig, prunkvoll und schön – die ‚Victory'. Ein Traumschiff, wie sie es bisher nur aus Filmen kannte. Überwältigt von dem Anblick vergisst sie einen Moment lang, in welcher schwierigen Situation sie sich befindet.

Rebecca hat nichts mehr zu verlieren. Sie hat nichts mehr. Kein Geld, keinen Mann, vor allem aber kein Ticket für dieses Schiff.

Wie von einer höheren Macht angezogen, läuft sie einfach auf das Schiff zu. Filmszenenreif nähert sie sich dem Ozeanriesen. Als ob es nur auf sie gewartet hätte. Niemand hält sie auf oder fragt sie, wer sie sei. Keiner verwehrt den Zugang oder verlangt das Ticket.

Die „Victory" wirkt vor dem strahlend blauen Himmel wie ein Geisterschiff. Nur Transportkisten werden hin- und hergetragen. Niemand beachtet Rebecca, die an den schwitzenden Arbeitern vorbei läuft. Ihre Schritte werden immer selbstsicherer, aber ihre Gedanken kreisen immer nur um das eine ‚Wohin, wohin? Bitte Gott, zeig mir wohin ich laufen soll!'

Plötzlich ist rechts von ihr eine Tür offen. Rebecca sieht ängstlich und gleichzeitig neugierig hinein. Ihre Tasche fest an sich gepresst, so als ob sie diese beschützen wollte, geht sie die Stahltreppen hinunter.

‚Niemand zu sehen. Ja, das ist der richtige Weg', sagt ihre innere Stimme. Jetzt ist es sowieso zu spät. Es gibt kein Zurück mehr, ohne gesehen zu werden. Die Gefahr ist zu groß, dass sie jemand nach dem Ticket fragen wird … und dies ist die Chance: Sie muss weg!

Mit „ein Wink des Himmels", versucht sie sich ihre Entscheidung zu bestätigen und damit gut zu heißen. Da, ein kleiner Raum! Sie gleitet hinein und zieht die Tür hastig hinter sich zu. Ein tiefer Seufzer der Erleichterung. Ihre schwitzenden Hände lösen sich von der Tasche, die sie krampfhaft an sich gepresst hatte, und sie sieht sich um. Neben ihr ein leeres Lagerregal aus Holz. Es ist nichts Essbares zu sehen in diesem Raum. Rebecca ist sehr hungrig und ausgelaugt. Doch nun kommt wieder der Gedanke an ihre Mutter. Es gibt keinen anderen Weg, sagt sie sich immer wieder. Erschöpft setzt sie sich auf den Boden und greift zu einer Schlaftablette. „Damit vergesse ich den Hunger", sagt sie leise zu sich selbst.

Sie möchte nur noch schlafen und lehnt sich an die Trennwand und fällt in einen leichten Schlaf.

Ein schwermütiger Blues, auf einer Trompete gespielt. Sie realisiert, dass das kein Traum, sondern Realität ist. Irgendwo an Bord, vermutlich an Deck.

Es ist dunkel.Sie bemerkt, dass das Schiff in Bewegung ist. Hier irgendwo muss Licht sein. Rebecca steht von ihrem unbequemen Schlafplatz auf. Erst jetzt wird ihr klar, dass sie auf See sein muss, auf dieser „Victory", einem Clubschiff. Ein kleines Bullauge verschafft ihr Gewissheit. Es ist Nacht geworden, sie muss lange geschlafen haben. Sie sieht hunderte von Lichtern an der Küste in weiter Ferne. Angst überfällt sie, fast schon Panik.

Sie öffnet die Tür und läuft die Treppen hoch. Tut sie jetzt gerade das Richtige oder nicht? Aber … dann hat Mutter kein Geld … und damit keine Operation.

Diese Gedanken huschen blitzartig durch ihren Kopf. Sie läuft auf das Deck. Die Passagiere, die an Deck stehen und sich gerade bei einem Cocktail, Glas Wein oder teuer wirkenden Champagner unterhalten, sehen sie verdutzt, aber nicht wirklich interessiert an, als Rebecca mit angstvollem Blick an ihnen vorbeiläuft. Keiner beachtet sie wirklich. Jeder ist mit sich, der Musik und der Unterhaltung beschäftigt.

Es muss schon sehr spät sein, denkt Rebecca. Der Hunger und die Angst vermischen sich. Sie kann sich sonst diese aufkommende Übelkeit nicht erklären. Sie schaltet das Handy ein: 23:50 Uhr. Zehn vor zwölf, murmelt sie mutlos vor sich hin. Die Sporttasche hängt schwer an ihrer Schulter.

Wenn erst die Sonne aufgeht, finde ich hoffentlich eine Lösung. Etwa zehn Meter weiter erblickt Rebecca einen luxuriösen Liegestuhl, auf den sie zugeht. Eine angenehme Alternative zum harten und schmutzigen Boden im Lagerraum.

Mittlerweile ist das Deck fast leer, was wohl an der aufkommenden Kühle liegt, die sich mit der nun deutlich spürbaren Brise unerbittlich ausbreitet.

Ihre Handy-Batterie ist noch nicht erschöpft. Es ist ein Uhr. Die Tasche schützend über sich gelegt schläft sie ein. Die Schlaftablette wirkt immer noch und schickt sie in einen weiteren traumlosen Zustand.

Sanft aber bestimmt rüttelt sie jemand an der Schulter. Zunehmend deutlicher hört sie die Stimme eines Mannes: „Hallo, hallo, hallo …!"

Sie öffnet ihre Augen und sieht einen attraktiven und gut gebauten Mann in weißer Uniform, der sich über sie beugt.

„Guten Abend! Ist es nicht zu kalt für Sie hier oben?", fragt er erstaunt. Immer noch berauscht von der Tablette erwidert sie: „Doch!"

„Nun, dann begleite ich Sie zu Ihrer Kabine, wenn Sie möchten. Sie wird am ersten Tag der Reise schwer zu finden sein." Er lächelt. Seine weißen Zähne strahlen sie an. Er reicht ihr die Hand und hilft ihr, auf die Beine zu kommen.

„Ich bin der Kapitän dieses Schiffes, Marc Benedict. Und ich gehe jetzt auch in meine Kabine schlafen. Da bin ich zufrieden, wenn unsere Passagiere an Deck nicht erfrieren. Besonders, wenn sie so hübsch sind wie Sie", fügt er hinzu.

„Nein danke. Mir geht es gut, und da unten in der Kabine ist es mir zu eng", versucht sie sich herauszureden. Doch nun wird ihr Kopf wieder ganz klar. Alles ist so klar wie die Sterne am Himmel. Jetzt ist der Zeitpunkt! Es gibt kein Zurück.

Rebecca steigen die Tränen in die Augen und sie sagt: „Ich bin ein blinder Passagier und habe kein Geld, um ein Ticket zu kaufen." Und mit einem Seufzer fügt sie hinzu: „Außerdem friere ich so sehr!"

Sie schluchzt und weint jetzt heftig, hält sich die Hände vor ihr Gesicht, um die Tränen zu verbergen.

Seine Stimme wirkt ruhig und fast leise, so ernst sie dennoch ist. Ebenfalls seufzend meint er: „Oh je!" und setzt sich neben Rebecca auf den Boden.

Einen kleinen Schwips hat er. In seinem Alter von vierzig Jahren sieht er es noch als eine Jugendsünde an, am Eröffnungstag der Victory-Reise ein paar Glas Champagner zu trinken. Doch ein blinder Passagier – das muss er melden, denkt sich der Kapitän.

Nachdem er einige Sekunden überlegt hat, nimmt er zart ihre Hände von ihrem Gesicht, greift in seine Hosentasche und gibt Rebecca ein Taschentuch. „Warten Sie", sagt er, „ich will Ihnen helfen!"

Sie wischt sich die Tränen ab und sieht ihn mit großen fragenden Augen an. Sie blickt in zwei Augen, die wie Sterne funkeln, während er über eine Lösung nachdenkt.

„Melden Sie sich morgen früh bei Frau Rosalie Smith." Er nimmt einen kleinen Notizblock aus der Hemdtasche, schreibt etwas darauf, reißt das Blatt heraus und gibt es Rebecca. „Das ist die Nummer des Saals, in der Frau Smith morgen anzutreffen ist. Sie gibt Ihnen eine Arbeit als Zimmermädchen hier an Bord. Ich sorge dafür. Bitte behalten Sie das alles für sich, sonst bekommen wir beide Schwierigkeiten. In vierzehn Tagen legen wir an, dann sehen wir weiter. Aber jetzt müssen Sie und ich schlafen. Kommen Sie mit, ich gebe Ihnen den Schlüssel für eine Kabine."

Der Kapitän steht auf. Rebecca zieht sich neben ihm das Kleid zurecht. Voller Vertrauen geht sie mit ihm über das Deck, dann durch eine Tür und eine Treppe hinunter. Vor einem langen Flur nimmt er einen Schlüssel und öffnet einen Kasten, in dem sich wiederum Schlüssel mit Nummern befinden. Er nimmt einen von ihnen und sagt: „Bitte!" Er gibt Rebecca den Schlüssel und fügt hinzu: „Folgen Sie mir leise!"

Wortlos gehen sie durch den langen Flur. Mit gutem Gefühl betrachtet sie alles, was sie jetzt auf dem Weg zur Kabine um sich herum sieht: den braunrot karierten Teppich, die besonders auffallend schönen Tapeten, auch die wirkungsvollen, an jeder Stelle passenden Bilder rechts und links entlang des Flures.

‚Das muss ich mir unbedingt merken', denkt Rebecca. Rechts in den Flur, dann links und die 37. Tür rechts.Nun stehen sie vor der Kabinentür, zu der dieser Schlüssel passt. Sie bleiben noch einen Augenblick davor stehen. Die Müdigkeit und sein

Mitgefühl für sie sieht sie dem Kapitän wahrlich an. Verlegen schaut sie ihn an und bedankt sich für alles. Er mustert Rebecca prüfend und erinnert sie daran, dass dies ein Geheimnis bleiben muss.

Mit einem „Ich wünsche Ihnen alles Gute!" dreht er sich um und geht. Sie dreht den Schlüssel jetzt langsam in seinem Schloss um und öffnet die Tür. Mit der rechten Hand tastet sie nach dem Lichtschalter. Das Licht erhellt den Raum. Sie schaut alles um sich herum an und haucht: „Ich träume!"

Diese Kabine sieht aus wie ihr Jugendzimmer von früher. Auch so klein und gemütlich ist es hier. Ein Holzbett mit dezenter Bettwäsche – ein weiß-blau gestreiftes Muster – steht rechts vor ihr. Daneben ein Nachttisch mit einer weißen Tischlampe. An der Wand hängt ein Bild mit einer in schwarzweiß gemalten Frau.

Der Hintergrund ist schwarz, die Umrisse weiß. Es ist eine sehr schöne Frau. Das Gesicht kann man nicht erkennen, da die langen hellen Haare auf verrucht anmutende Weise das Gesicht teilweise verdecken. Nur die vollen schönen Brüste und die schmale Taille treten deutlich hervor. Die ausgeprägten Hüften sind sehr betont gemalt. Eine schöne Frau. Rebecca starrt bewundernd das Bild an. Direkt über der Polsterecke ist ein Bullauge mit Blick auf das Meer. Sie dreht sich um. Ihr gegenüber steht ein weißer Kleiderschrank mit Messingknöpfen und einem Spiegel in der Mitte. Sehr edel und luxuriös.

Sie lässt sich auf das Bett fallen und begreift erst jetzt, was geschehen ist. Sie dankt Gott für diese Rettung. Sie beschließt, erst einmal zu duschen. Hunger und Durst hat sie vergessen. Neben dem Kleiderschrank geht sie durch eine Tür, auf der ein goldenes Schildchen mit dem schwarzen Schriftzug *BAD* angebracht ist. Auch hier ist das Mobiliar in edlem Weiß gehalten. Eine Badezimmerkombination mit einem riesigen Spiegel in der Mitte und dezentem Licht.

Rebecca ist so erschöpft von den Geschehnissen der letzten drei Tage, dass sie tief und fest schläft.

Sehr durstig und hungrig wacht sie gegen halb zehn Uhr morgens auf. Sie denkt über die Ereignisse und Erlebnisse nach, die sie gerade hinter sich hat und ist sich sicher, das Richtige zu tun. Sie geht ins Bad und öffnet ihre Tasche, in der sich neben frischer Kleidung ihr ganzes Hab und Gut befindet. Sie zieht ihre schwarze legere Hose, eine dezente Bluse und flache Schuhe an. Nachdem sie ihre Morgentoilette erledigt hat, schließt die Kabinentür hinter sich ab und geht den Flur entlang.

Eine Frau mit mahagonifarbenem Haar kommt ihr entgegen. Das Kind in ihrer Begleitung zerrt ungezogen an ihrer Bluse und ein älterer Herr in einem geschmackvollen Anzug und mit einem Gehstock folgt ihr. Der Herr hinkt auf einem Bein und grüßt ganz besonders freundlich. Rebecca grüßt freundlich zurück.

Sie schaut auf die Uhr – 10:50, sie folgt dem Flur weiter und geht noch einmal nach rechts. Der große Saal befindet sich nun direkt vor ihr. Der Magen schmerzt vor Hunger. Rebecca kommt eine schwarzhaarige, mittelgroße und etwa 42-jährige Frau mit Pagenschnitt lächelnd entgegen. Sie reicht ihr die Hand und sagt: „Guten Tag, Sie müssen Frau Rebecca Edward sein. Ich bin Rosalie Smith und weiß schon Bescheid. Kommen Sie bitte mit, ich weise Sie in Ihren Arbeitsbereich ein. Zuerst bekommen Sie Ihre Uniform und danach ein Frühstück ‚a la Victory'".

Rebecca folgt Frau Smith mit ihrer recht zügigen Gangart.

„Alle unsere Zimmerdamen tragen die gleiche Kleidung", erwähnt Frau Smith. „So, bitte, Frau Edward." Damit reicht sie Rebecca die Uniform. „Dies ist Ihre Ausstattung und dieses Namensschild ist immer rechts oben an der Blusentasche zu befestigen. Sie werden sehen, dass auf der „Victory" alles erstklassig ist. Dass Sie mit unserem Kapitän seit gestern Abend bekannt sind, bitte auch ich Sie als Geheimnis zu bewahren. In meiner ganzen Laufbahn als Direktorin auf der „Victory" ist es noch nie passiert, dass ein blinder Passagier vom Kapitän persönlich eine Kabine und eine Arbeit auf diesem Schiff bekommen hat." Mit streng musterndem Blick versucht Frau Smith Rebecca bewusst zu machen, welch eine außergewöhnliche Geste das ist.

„Ich bin sehr dankbar dafür, glauben Sie mir. Selbstverständlich werde ich darüber Schweigen bewahren!" Damit entlockt Rebecca Frau Smith ein zufriedenes Lächeln. Sie sagt: „So, junge Frau. Jetzt essen Sie erst mal etwas!" Dann dreht sie sich um und geht in Richtung Küche. Sie rollt einen Servierwagen heran. Unter einem weißen Tuch befindet sich ein Tablett mit dem Frühstück. Endlich ein Lichtblick, denkt Rebecca, als sie das üppig gefüllte Tablett mit Brot, Wurst und Käse und Früchten vor sich sieht. Frau Smith reicht ihr das Tablett, wünscht einen guten Appetit und kündigt an, die Unterhaltung in zwanzig Minuten weiter führen zu wollen. Damit verlässt sie den Raum.

Rebecca setzt sich auf einen Hocker und isst sich endlich so richtig satt. Währenddessen blickt sie sich um. Sie sitzt an einem schwarzgrauen Buffet mit sechs Hockern. Das Essen schmeckt ihr sehr gut. Gerade fällt ihr ein, dass sie sich ihr Leben lang eine Reise auf einem Traumschiff gewünscht hatte. Und jetzt?

‚Ich bin hier, Mutter ist auch geholfen.' Das Glücksgefühl lässt das aufkeimende Heimweh in den Hintergrund treten. Der letzte Bissen geht auch noch hinein, denkt Rebecca sich und isst alles auf. Kaum fertig wischt sie sich mit einer Serviette den Mund ab.

Mit einem „Hat es geschmeckt?" steht auch schon Frau Smith plötzlich neben ihr.

„Ja, danke!" antwortet Rebecca.

„So, Rebecca, jetzt weise ich Sie in Ihren Aufgabenbereich ein. Zuerst müssen Sie wissen, dass Sie pünktlich um neun Uhr morgens, um 13 Uhr mittags und um 18 Uhr abends an diesem Buffet zu den Mahlzeiten erscheinen, denn dies ist so mit unserer Bordküche geregelt.

„Oh ja, geht in Ordnung, Frau Smith!" Die Direktorin zeigt Rebecca die Kabinen, für die diese in Zukunft verantwortlich sein wird. „Die Betten sind täglich frisch zu beziehen! Darauf achten die meisten Passagiere sehr genau. Damit sie das auch sehen können, hat jeder dieser Bettbezüge eine andere Farbe. Montags blau, dienstags weiß, mittwochs rosé und so weiter. Achten Sie bitte auch darauf, dass die kleine Bar stets gefüllt ist. Auch das ist ein Luxus, den man auf der ‚Victory' sehr schätzt!"

„Falls ein Passagier noch schläft, gehen Sie bitte zu den freien Kabinen. Wenn ein Passagier Ihnen Geld, Schmuck oder ähnliches anbietet, könnte er damit beabsichtigen, dass Sie eine Gegenleistung dafür zu erbringen haben. Also lehnen Sie dies bitte höflich aber bestimmt ab. Zu ihrem eigenen Schutz. Alles, was Sie sehen oder hören, ist selbstverständlich diskret zu behandeln! Damit lege ich Ihnen einen Spruch ans Herz ‚Nichts sehen, nichts hören, nichts sagen.' Im Bad einer Kabine ist darauf zu achten, die Badetücher immer exakt aufeinander zu legen, aber das wird für Sie ja kein Problem sein. Manche Leute haben das ja schon so zu Hause gelernt. Dies nur als Scherz."

Frau Smith lächelt. „Wie Sie sehen, ist alles nur halb so schlimm."

„Ach ja, Sie arbeiten von neun bis 17 Uhr, danach ist frei. Hier auf dem Schiff sind Kost und Logis für die Mitarbeiter gratis." Frau Smith geht zurück an ihre Arbeit und Rebecca zieht sich um.

Rebecca ist glücklich und absolut sicher, dass sie den richtigen Weg eingeschlagen hat. Sie geht ihre Arbeit an. Sie ist satt, hat jetzt eine Aufgabe und ist kein blinder Passagier mehr. ‚Welch ein Glück! Heute ist Sonntag', denkt Sie noch. ‚Morgen ist Montag und man wird beginnen, in Deutschland nach mir zu fahnden. Es gibt kein besseres Versteck als dieses Schiff. Aber eigentlich ist es auch egal, wenn ich wegen der Sache mit dem Betrug verhaftet werde. Hauptsache, Mama hat das Geld. Diese fünf oder sechs Jahre im Gefängnis nehme ich schlimmstenfalls dafür in Kauf.'

‚Quatsch', rückt sie ihre Gedanken zurecht. ‚Die Bank ist versichert, Mama hat das Geld, du arbeitest auf diesem Schiff und zahlst die gestohlene Summe allmählich zurück. Doch Mama braucht das Geld jetzt. Ja, diese Gedanken sind so unnütz', sagt sie zu sich selbst.

Zimmer 32, 33, 34, 35, 36, 37, 38 und 39.

„Meine Güte, pro Person mindestens 1800 Euro. Da lässt es sich gut leben", murmelt sie. Dort liegt ein Brillantring auf dem Nachttisch. Ihr Instinkt warnt sie: „Das ist eine Falle!" Frau Smith hat ihr nicht erklärt, wie sie in so einem Fall reagieren soll. Vorsichtshalber reinige ich die Kabine und lasse den Ring so liegen, wie er gerade ist.

‚Ich habe irgendwie die Ahnung, dass dieser Ring viel wert ist. Beachte ihn einfach gar nicht', sagt sie sich. Sie erledigt ihre Arbeit so, wie Frau Smith es ihr gezeigt hat.

Zimmer 37. Es ist 16:10 Uhr. Ich hätte nicht vermutet, dass die Zeit so schnell vergeht, wundert sich Rebecca. Auch versteht Sie jetzt sie Mahnung von Frau Smith wegen des Brillantrings, der einfach nur da lag. Davon will sie gleich nachher beim Abendessen Frau Smith berichten.

So, 17:10 Uhr, fertig. Das Handtuch liegt perfekt, alles ist gereinigt und an seinem Platz. Sie sperrt hinter sich ab und geht erleichtert darüber, dass ihr erster Tag so wunderbar glatt verlaufen ist, in ihre Kabine, um sich für das Abendessen in der Küche ein wenig frisch zu machen.

Gott sei Dank hat sie noch saubere Kleider in der Tasche, die zwar die Figur betonen, aber dennoch dezent wirken. Etwas, das sie in ihrer Freizeit angemessen tragen kann. Ihre Garderobe ist größtenteils schwarz, da sie noch immer um ihren Vater trauert, der vor vier Jahren verstarb.

Durch die Arbeit in ausgeglichener Stimmung geht Rebecca den Flur entlang in Richtung Küche.

Dort hört sie schon von weitem Stimmen. Frau Smiths Stimme. Je näher sie kommt, desto deutlicher wird das Gesprochene.

„Wir haben eine neue Arbeitskraft", hört sie deutlich. „Ihr Name ist Rebecca Edward. Kurzfristig wurde mir mitgeteilt, dass sie ab heute bei uns arbeitet. Ich bitte um kollegiales Verhalten."

Dann steht Rebecca schon in der Tür. Frau Smith sitzt mit drei jungen Damen am Tisch. Alle sind einheitlich gekleidet. Die Blicke ihrer neuen Kolleginnen verfolgen Rebecca prüfend. Sie setzt sich gegenüber und stellt sich vor.

„Hallo, ich heiße Rebecca Edward und freue mich hier arbeiten zu dürfen." Dann berichtet sie Frau Smith von dem Brillantring. Eine der Kolleginnen, die mit dem Vornamen angesprochen werden möchte, sagt: „Da musst du aufpassen. Garantiert in Zimmer 32, nicht wahr?"

„Ja", antwortet Rebecca. „Woher weißt du das? Und übrigens, da wir gerade dabei sind. Bitte duzt mich doch alle außerhalb der Arbeit."

„So möchten wir das auch", sagen alle drei Kolleginnen erleichtert und fast gleichzeitig. Moni spricht weiter.

„Also die Frau Kytzburg, um auf den Ring zurück zu kommen, wird grundsätzlich jeden Tag bestohlen und durch andere um ihr Hab und Gut gebracht. So will sie es jedenfalls darstellen."

„Oh", sagt Rebecca, „ich habe den Ring und den Tisch nicht angerührt. Das wird man wohl morgen noch am Staub auf dem Tisch erkennen. Hoffe ich zumindest", sagt sie erstaunt.

Frau Smith versucht Rebecca damit zu trösten, dass jetzt schließlich Feierabend sei und sie abwarten solle, was morgen so von Frau Kytzburg kommen werde. Frau Smith eröffnet das Buffet, das vor ihnen steht. Darauf befinden sich Fisch, Obst und mehrere Salate zur Auswahl sowie eine Flasche Champagner. Genuss pur.

Nach dem Abendessen geht Rebecca zurück in ihre Kabine. Es ist sehr romantisch dort. In jeder Kabine gibt es eine Stereoanlage. Rebecca entscheidet sich für einen Sender mit ruhiger Musik und entzündet die schöne Kerze auf dem kleinen Tisch, der direkt unter dem Bullauge platziert ist. Darunter befindet sich eine gemütliche Polsterecke in schwarzem Leder. An diesen Luxus könnte ich mich glatt gewöhnen, denkt Rebecca und geht duschen. Fast nackt in einem dünnen knielangen Hemdchen nimmt sie aus der Bordbar eine Flasche Wein. Der Preis liegt bei 15 Euro.

„Oh je, das ist noch der günstigste!", murmelt Rebecca kleinlaut.

Doch schon ist die Flasche geöffnet. Alles könnte so wunderschön sein, wenn sich nur das Heimweh nicht wieder in ihrem Kopf breit machen würde. Schon wird ihr Grübeln von ihrem Lieblingslied im Radio unterbrochen. Sie dreht die Stereoanlage etwas lauter und singt sich im Takt wiegend leise mit. Sie schaut aus dem Bullauge auf das ruhige Meer. Nichts als Wasser. In der Ferne Millionen von Sternen am Himmel.

Die Weinflasche ist leer. Etwas beschwipst geht Rebecca zu Bett. Um Punkt 8 Uhr läutet der Wecker. Nachdem Rebecca geduscht hat, zieht sie das saubere Arbeitskostüm an. Ein langer schwarzer Rock und eine bordeauxfarbene taillierte Bluse lassen die Zimmermädchen adrett aussehen. Rebecca macht sich auf den Weg zur Küche.

Dort begrüßt sie ihre Kolleginnen pünktlich in der Küche und frühstückt mit ihnen. Danach nimmt sie Putzmittel und Hygieneartikel mit in ihren Arbeitsbereich, die Kabinen. Auf dem Flur begegnet Rebecca einigen Passagieren. Alle begrüßen sie freundlich und gehen in Richtung Bordrestaurant, wo sich das Frühstücksbuffet für die Passagiere befindet.

Zimmer 32. Rebecca öffnet die Tür, sieht direkt nach, ob der Ring immer noch auf dem Tisch liegt, und fasst sich beruhigt ans Herz. Genau wie gestern liegt er noch da. Aber rechts daneben liegt auch noch eine ältere Dame im Bett.

‚Das kann nur diese gewisse Frau Kytzburg sein', denkt Rebecca, dreht sich um und versucht auf Zehenspitzen wieder die Kabine verlassen, da sie nicht stören will.

„Sie können ruhig arbeiten, das stört mich nicht", ertönt die Stimme der älteren Dame. Rebecca tritt vor Frau Kytzburg ans Bett und begrüßt sie mit einem fröhlichen „Guten Morgen".

„Soll ich zuerst das Bad reinigen oder die Gästeecke, wenn es recht ist?"

Frau Kytzburg räkelt und streckt sich im Bett. An ihren schneeweißen Haaren und dem schimmernden seidenen Nachthemd in Altrosa ist kaum zu erkennen, dass sie zu den gehobenen Persönlichkeiten gehört, bei denen Geld keine Rolle spielt. Frau Kytzburg schaut Rebecca mit ihren blauen Augen an und meint: „Na, junge Frau, hat Sie gestern der Brillantring irritiert? Dachten Sie vielleicht, soll ich ihn nehmen oder nicht? Heutzutage kann man ja niemandem mehr trauen!"

Rebecca erwidert höflich: „Wie Sie sehen, Frau Kytzburg, liegt Ihr Ring noch da. Es tut mir leid, dass ich den Tisch nicht abgestaubt habe, doch genau um kein Misstrauen zu wecken, habe ich den Ring dort liegen lassen, wo er lag. Ich habe noch nie etwas gestohlen."

„So, so", erwidert Frau Kytzburg, schlurft ins Bad und schließt die Tür hinter sich. In der Zwischenzeit saugt und reinigt Rebecca alles Übrige in Kabine 32.

Frau Kytzburg duscht noch immer. Rebecca klopft an die Badezimmertür und ruft, dass sie wiederkommen werde, um das Bad zu reinigen.

Dabei sieht Rebecca durch den Türspalt, wie Frau Kytzburg auf dem Boden liegt.

Rebecca handelt sofort, fühlt den Puls und beatmet Frau Kytzburg. Dann beginnt sie eine Herzmassage, die sie noch von einem Lehrgang beim Roten Kreuz her kennt. Nach etwa fünf Minuten atmet Frau Kytzburg wieder, sie ist aber noch ohnmächtig.

Rebecca drückt den Notrufknopf, der sich am Eingang der Kabine befindet. Durch einen kleinen Lautsprecher hört sie eine weibliche Stimme: „Sie haben den Notruf gedrückt, wie kann ich Ihnen helfen?"

„Schicken Sie bitte schnell einen Arzt in Kabine 32, hier ist eine Frau ohnmächtig."

„Hilfe kommt sofort", antwortet die Stimme im Lautsprecher. Fünf Minuten später eilt ein Arzt den Flur entlang. Rebecca erwartet ihn schon voller Unruhe.

„Wo ist die Patientin?"

„Im Bad", antwortet Rebecca.

Der Arzt legt sofort eine Infusion an und sagt: „Das war wirklich Hilfe in letzter Sekunde. Sie hat einen Schlaganfall. Hatte sie Atemstillstand?"

„Ja", antwortet Rebecca. „Ich machte eine Mund-zu-Mund-Beatmung."

„Damit haben Sie dieser Frau das Leben gerettet", erwidert der Doktor.

Zwei Männer mit einer Trage eilen ins Zimmer.

„Sie kommt jetzt auf die Krankenstation hier an Bord. Dort wird sie weiter medizinisch versorgt."

„Wenn Sie so nett wären, alles weitere zu veranlassen, bittet der Doktor. Frau Kytzburgs Familie muss benachrichtigt werden. Gehen Sie dafür bitte zur Verwaltung des Schiffes."

„Selbstverständlich, das mache ich", antwortet Rebecca.

Frau Kytzburg ist längst mit der Trage zur Krankenstation gebracht worden. Rebecca ist noch etwas aufgewühlt durch das Geschehene. Eine vom Arzt angebotene Beruhigungstablette lehnt sie ab. Sie säubert das Bad und schließt, nachdem alles in der Kabine ordentlich und sauber ist, das Zimmer wieder ab. Alle weiteren Arbeiten verrichtet sie ohne besonderen Vorfall.

‚Gott sei Dank, dass alles eigentlich gut ging und Frau Kytzburg noch lebt', sagt sich Rebecca kurz vor ihrem Feierabend.

Wie auch schon am Vortag geht sie jetzt in ihre Kabine, um sich frisch zu machen. Mittlerweile hat Frau Smith Rebecca auch schon den Waschraum gezeigt. Endlich kann sie ihre Kleider waschen und trocknen. Geduscht und in Privatbekleidung setzt sich Rebecca zu den anderen in die Küche.

Moni fragt neugierig: „Na, was meint die Hexe? Dass du ihren Ring gestohlen hast?"

„Die Hexe, wie du sie nennst, hatte heute Morgen einen Schlaganfall und wäre fast gestorben", erwidert Rebecca.

Erschrocken fragt Monika weiter: „Lebt Sie noch?"

„Ja, Gott sei Dank habe ich sie zufällig gefunden und konnte sofort Hilfe holen. Sie liegt jetzt auf der Krankenstation. Heute Morgen habe ich auch die Verwaltung vom Bordtelefon aus angerufen und veranlasst, dass Frau Kytzburgs Familie benachrichtigt wird."

„Familie? Frau Kytzburg hat keine Familie. Ihr Mann starb an einem Herzinfarkt, als sie 48 Jahre alt war. Er vererbte ihr ein Vermögen. Kinder konnte sie nicht bekommen. Das erzählte sie mir alles in zwei Stunden, während ich die Kabine aufräumte. Ich glaube", fügt Moni hinzu, „die traute noch nicht einmal sich selbst."

„Traute?" fragt Rebecca. „Noch lebt sie ja."

„Ja, natürlich", sagt Moni. „So etwas wünscht ihr ja niemand. Aber sie ärgert andere mit ihren ständigen Unterstellungen."

„Aber nun gehen wir zum Allgemeinen über", unterbricht Frau Smith das Gespräch am Buffet in der Küche. Wieder steht eine üppig gefüllte Platte mit den feinsten Esswaren auf dem Serviertisch für sie bereit. Der Abend verläuft wie der vorherige. Mit dem Unterschied, dass Rebecca noch lange Zeit über Frau Kytzburg nachdenkt. Wie einsam diese Frau sein muss. Zu dieser Einschätzung kehren

Rebeccas Gedanken immer wieder zurück. Das ist nun das beste Beispiel, ermahnt sie sich. Geld alleine macht auch nicht glücklich. Kein Geld aber auch nicht. Dann denkt sie an ihre Mutter, die nie genug Geld besaß und krank wurde. Mit 55 hatte sie immer nur gearbeitet. Gelebt, um zu arbeiten, und ohne Zeit und Gelegenheit, das Leben zu genießen.

‚Was machen wir bloß falsch? Ist das unser Karma?', fragt sich Rebecca. Seit Papa vor vier Jahren plötzlich sterben musste, als er gerade mal 14 Tage im Vorruhestand war, schien das Unglück nicht von ihnen weichen zu wollen. Gloria, Rebeccas Schwester, lebt mit ihrer 3-jährigen Tochter Sarah bei der Mutter. Diese muss von ihrem Lohn Schulden abzahlen, weshalb von ihrem Gehalt fast nichts mehr übrig bleibt. Ihre seltene Krankheit kann nur in Amerika behandelt werden. Dies kostet einige tausend Euro. Deshalb hat Rebecca die Bank betrogen, für die sie bis Freitag gearbeitet hatte.

Dass sie deswegen nun polizeilich gesucht wird, ist ihr bewusst. Deshalb weiß sie auch, dass dieses Schiff ihre einzige Chance ist. Heute hat sie ein Leben gerettet. Immer mehr wird sie darin bestärkt, das Richtige getan zu haben.

Mutter, Gloria und Sarah fehlen Rebecca sehr, doch wenn sie wüsste, dass es ihnen gut geht, könnte sie beruhigt sein. Sie schaltet die Stereoanlage aus und löscht das Licht. Nur die kleine Kerze erleuchtet die Kabine mit einem romantischen

Schein. Rebecca liegt im Bett und betrachtet das schöne Bild von der nackten Frau, das neben dem Bett durch die brennende Kerze Schatten wirft. Auch ertönt wieder ein wunderschöner Blues vom Deck der „Victory" her. Eine Sängerin interpretiert gerade ein Stück, das Rebecca nicht kennt. Rebecca wird von Wohlbehagen erfüllt. Sie ruft ihre Mutter an. Der Anrufbeantworter meldet sich. Rebecca spricht darauf: „Mutter, mir geht es gut. Macht euch keine Sorgen. Ich melde mich wieder. Ich liebe euch." Sie legt auf und legt sich entspannt zurück ins Kissen.

Der nächste Morgen verläuft wie gewohnt. Gegen Mittag betritt Rebecca gerade das Zimmer 37 mit ihrem Hygienewagen, als sie eine männliche Stimme hört: „Hallo, Guten Tag!"

Rebecca sieht sich erschrocken um. Der junge Mann ist entweder noch betrunken oder wieder betrunken. Er liegt im Bett und streckt Rebecca seine Arme entgegen, als ob er möchte, dass sie zu ihm komme.

Er ist nur mit Boxershorts bekleidet, auf denen die Comicfigur Snoopy aufgedruckt ist. Erschöpft legt der Mann sich wieder zurück ins Kissen. Er blickt Rebecca an und sagt: „Na, du wunderschöner Engel. Komm, flieg mit mir auf Wolke sieben!"

Er bekommt einen Schluckauf. Rebecca erkennt sofort, dass dieser junge Mann sehr betrunken ist. Sie fragt ihn, ob sie ihm ein Glas Wasser bringen solle. Sie schätzt den jungen Mann auf Mitte zwanzig. Plötzlich beugt er sich vor und stottert: „Helfen Sie mir, mir ist übel!" Rebecca hält ihm sofort den Eimer hin, den sie gerade in der Hand hat. Er übergibt sich. Nach etwa 15 Minuten beruhigt sich sein Zustand. Sie gibt ihm ein großes Glas Mineralwasser. Mit etwas klarerem Blick schaut der Mann sie an.

„Sie sehen nicht nur aus wie ein Engel. Ich glaube, Sie sind einer."

Er trinkt Schluck für Schluck das Glas leer. „So, das passiert mir nicht wieder", meint er. „Niemals trinke ich wieder alles durcheinander oder zu viel."

„Mein Name ist Rebecca Edward und ich arbeite hier, wie sie sehen. Das heißt, wenn ich jetzt noch dazu komme."

„Sorry, dass ich sie davon abhalte. Heute hat es mich erwischt. Wie unklug, so viel und alles durcheinander zu trinken. Na ja, es ist meine erste Reise auf so einem tollen Schiff. Meine Tante hat mir in Hawaii ein Restaurant vererbt, deshalb will ich so dringend nach Hawaii. Dafür habe ich bei meiner Bank einen Kredit aufgenommen und mir ein Ticket für die ‚Victory' gekauft. Da hier auf diesem Schiff fast alles im Preis inbegriffen ist, habe ich das seit heute morgen in zu großem Maße ausgenutzt. Liebe Rebecca, sind Sie einverstanden, dass ich mich Ihnen heute Abend von einer besseren Seite zeige? Würden Sie mit mir zu Abend essen?"

Rebecca überlegt kurz und willigt ein.

„Also bis heute Abend, gegen halb neun. Schlafen Sie sich aus." Mit diesen Worten verlässt Rebecca die Kabine.

In einem nachtblauen und schlichten langen Samtkleid steht Rebecca zur vereinbarten Zeit an Deck. Sie begibt sich an den Bordpool. Dort wartet Ihr neuer Verehrer schon auf sie. Seine Augen funkeln, als er sie sieht.

„Mann, Sie sehen klasse aus."

Sie unterhalten sich ein wenig über dies und jenes. Die Kapelle spielt Oldies, der Champagner schmeckt hervorragend.

„Wie sind Sie denn auf dieses Schiff gekommen, Rebecca?"

„Durch außergewöhnliche Umstände", antwortet Rebecca kurz angebunden. Sie lässt ihren Blick schweifen und betrachtet nachdenklich den Himmel, der von abertausenden leuchtenden Sternen bedeckt ist.

„Sehen Sie doch nur, wie viele Sterne es heute Nacht gibt!"

Erst folgt Francesco Ihrem Hinweis, dann senkt sich sein Blick zu ihr herab. Seine Augen blicken hoffnungsvoll in die ihren, doch Rebecca wendet sich ab. Er bricht das Schweigen, indem er sagt: „Wegen dieser Sache heute Mittag wollen Sie nichts mit mir zu tun haben, nicht wahr?"

Rebecca antwortet: „Wissen Sie, Sie sind ein netter junger Mann, und gutaussehend noch dazu. Aber ich bin 37 und damit zu alt für Sie. Mir ist es aber recht, wenn sich eine gute Freundschaft zwischen uns entwickelt."

Darauf erwidert Francesco: „Ja, natürlich, ganz meinerseits!"

Sie unterhalten sich über ihre Kindheit, ihre Eltern, die Schulzeit und so weiter. Der Abend vergeht. Sie lachen sehr viel.

Francesco drückt Rebecca kurz nach Mitternacht zärtlich die Hand zum Abschied, blinzelt ihr zu und sagt, dass er auf ein baldiges Wiedersehen hoffe und er sich außerdem schon lange nicht mehr so amüsiert habe. Rebecca fühlt sich geschmeichelt. Francesco begleitet sie zu ihrer Kabine. Mit einem „Bis dann" verabschiedet sich Rebecca und zieht sich in ihre Kabine zurück.

Die nächsten drei Tage vergehen, ohne dass etwas Außergewöhnliches vorfällt. Rebecca überlegt, ob sie an Land bleiben soll, wenn die „Victory" in Hawaii anlegt, oder ob sie weiter auf dem Schiff als Zimmermädchen arbeiten soll.

Am nächsten Morgen spricht sie mit ihrer Chefin Frau Smith darüber, ob sie das Schiff verlassen muss. Frau Smith ruft gleich den Kapitän an, um bei ihm nachzufragen. Der Kapitän erinnert sich nur vage an Rebecca.

„Ach ja, die halberfrorene Frau an Deck! Ja, natürlich, Frau Smith. Wenn Sie mit dieser Frau Edward zufrieden sind, kann sie gerne an Bord bleiben."

„Ist in Ordnung, Rebecca, Sie können auf dem Schiff bleiben."

„Oh, das freut mich", antwortet Rebecca, indem sie Frau Smith dankbar die Hand drückt.

„Übrigens, Rebecca, Sie bekommen pro Stunde einen Lohn von 10 Euro."

„Damit werde ich meine Schulden schon abzahlen können, meinen Sie?"

„Schulden? Welche Schulden? Sie arbeiten auf der ‚Victory', daher brauchen Sie kein Ticket. Sie sind eine wertvolle Arbeitskraft auf diesem Schiff. Ihren Lohn zahlen wir aus, bevor wir anlegen. Einverstanden?"

„Einverstanden", stimmt Rebecca freudig zu. Frau Smith erwähnt noch, dass alles steuerfrei sei, da sie den Atlantik und Pazifik durchqueren. Das macht 1.120 Euro alle 14 Tage.

„Ist das nicht eine schöne Entschädigung dafür, dass wir lange von daheim weg sind? Und Sie gewöhnen sich daran, Rebecca, glauben Sie mir. Langweilig ist es auf diesem Schiff nur selten, wenn überhaupt. Einen Vorgeschmack haben Sie ja mit Frau Kytzburg und ihrem Brillantring erlebt, und dann war da ja noch ihr Schlaganfall, nicht wahr?"

Rebecca nickt zustimmend.

„Übrigens", fährt Frau Smith fort, „Frau Kytzburg hat schon dreimal nach Ihnen rufen lassen. Ich dachte, Sie wolle Ihnen vielleicht nur wieder etwas unterstellen, deshalb sagte ich, Sie seien zu beschäftigt. Aber diese schlaue Person lässt nicht locker. Sie bat darum, dass Sie zu ihr auf die Krankenstation kommen möchten. Danach legte sie einfach auf. Na ja, wenigstens hat Sie den Anfall überlebt."

„Ich schaue morgen mal bei ihr rein. Ich habe nichts zu verbergen und ihr Ring liegt immer noch an der gleichen Stelle. Nur mittlerweile habe ich den Tisch doch abgestaubt."

Zufrieden mit Rebeccas Aussage geht Frau Smith zur Küche. Frau Smith denkt noch eine Weile über Rebecca nach und ist froh, solch eine nette, hübsche und ehrliche Mitarbeiterin bekommen zu haben.

Frau Smith selbst ist eine ganz normal gebliebene Frau. Nach ihrer Scheidung bewarb sie sich als Stewardess auf der „Victory". Sie konnte es damals kaum glauben, dass man sie mit ihren 35 Jahren noch einstellte. Jüngere und hübschere Bewerberinnen standen Schlange für den Job, aber mit der Bemerkung „Bei uns wird Freundlichkeit groß geschrieben" hatte man sich für sie entschieden. Das ist nun schon lange her.

Der Abend vergeht. Die angenehme Wärme zieht Rebecca an Deck. Alleine setzt sie sich auf den luxuriösen weißen Liegestuhl und blickt in den Himmel. Ein letztes Glas Sekt vor der Nachtruhe will sie sich noch gönnen. Sie wird durch ein lautes „Nein, ich habe ihnen nichts gestohlen!" in die Gegenwart und ihre Geschehnisse auf der „Victory" zurückgeholt. Sie glaubt Francescos Stimme zu hören.

„Nein, wirklich! Sie hat ihn mir geschenkt!", hört sie die Stimme lautstark und aufgeregt rufen. Sie denkt, dass es sich doch um Francesco handeln muss. Sie geht in Richtung der Stimmen. Zwei Bordpolizisten in Zivil haben Francesco zwischen sich, der sichtlich verzweifelt ist. Die beiden Polizisten fordern Francesco auf mitzukommen und zu beweisen, dass der bei ihm gefundene Ring wirklich ein Geschenk ist. Rebecca unterbricht die heftige Unterhaltung, indem sie einen guten Abend wünscht. Sie sagt: „Ich kenne diesen jungen Mann. Hat er etwas verbrochen?"

Francesco zeigt ihr den Ring und sagt, dass er ihn nicht gestohlen, sondern von einer älteren Dame geschenkt bekommen habe, nachdem er ihr die Tasche in ihre Kabine getragen habe. Eben als Gegenleistung.

Natürlich wollte Francesco Rebecca damit bezirzen. Doch nun, welch eine Blamage vor Rebecca!

„Ich kenne diesen Ring!", ruft sie den Polizisten zu, die Francesco gerade mit sich zerren. Verzweifelt wehrt sich Francesco, was ihm allerdings nichts nutzt. Aufgebracht läuft Rebecca in ihre Kabine, in der sie in dieser Nacht jedoch kein Auge zu macht. Rebecca überlegt, wie sie Francesco helfen kann.

Am Tag darauf erledigt Rebecca ihre Aufgaben wie gewohnt. Sie frühstückt mit ihren Kolleginnen, säubert die Kabinen und beschließt, nachdem sie geduscht und sich umgezogen hat, Frau Kytzburg zu besuchen.

An der Krankenstation angekommen, klärt die Krankenschwester sie darüber auf, dass Frau Kytzburg schon zu Mittag darauf bestanden habe, die Krankenstation zu verlassen und in ihre Kabine zurückzukehren, wo der Arzt privat nach ihr schauen solle. Daraus erklärt sich Rebecca auch, dass so viele Koffer in Frau Kytzburgs Kabine standen, als sie den Raum reinigte. Der Ring war verschwunden, doch standen da diese Koffer, die Francesco anscheinend zum Verhängnis wurden.

Rebecca beschließt, nun privat Frau Kytzburg in ihrer Kabine aufzusuchen. Sie klopft an die Kabinentür: „Hallo, Frau Kytzburg, sind Sie da? Ich bin es, das Zimmermädchen, das Sie im Bad ohnmächtig gefunden hat."

Schon geht die Tür auf. Die kleine alte Frau, in deren Gesicht noch zu erkennen ist, dass sie einmal sehr hübsch war, sagt: „Also Sie haben mich gerettet?" Sie mustert Rebecca von oben bis unten. „Größe 38."

„Wie bitte?", fragt Rebecca verdutzt. Die alte Frau eilt zu ihrem Schrank und nimmt ein traumhaft schönes schwarzes und mit glitzernden Steinen besetztes Kleid heraus.

„Wissen Sie", sagt sie, während sie Rebecca mit jugendlich strahlenden blauen Augen anschaut, „dieses Kleid schenkte mir mein Mann zum zehnten Hochzeitstag. Ich kann es nicht mehr tragen, doch Sie werden darin wie eine Königin aussehen", schwärmt sie. „Ich will es Ihnen schenken. Ich wäre stolz, wieder junges Blut in diesem Kleid zu sehen. Bitte, nehmen Sie es an! Und den passenden Ring schenke ich Ihnen dazu."

Sie schlurft zum Tisch, auf dem der Ring immer gelegen hat. „Tja, wo ist er denn?"

Rebecca unterbricht sie mit den Worten: „Genau darüber will ich mit Ihnen sprechen, Frau Kytzburg. Sie haben den Ring bereits gestern einem jungen Mann geschenkt, der Ihre Koffer in die Kabine gebracht hat."

„Hab ich das?", fragt Frau Kytzburg erstaunt, weil sie sich offensichtlich nicht mehr daran erinnert.

„Frau Kytzburg, bitte, Sie können mir einen Gefallen tun, indem Sie die Wahrheit sagen."

„Aber ich sage doch die Wahrheit, nur vergesse ich manches", erwidert Frau Kytzburg.

„Bitte sagen Sie der Bordpolizei, dass Sie den Brillantring Herrn Francesco Vernando geschenkt haben. So heißt der Mann, der gestern Ihre Koffer in die Kabine getragen hat."

Frau Kytzburg ist einverstanden. „Ich werde den jungen Mann jetzt zu Ihnen bringen lassen", sagt Rebecca.

„Ja, ist mir recht."

Nach einer weiteren halben Stunde steht Rebecca mit den Polizisten und dem verzweifelten Francesco in Frau Kytzburgs Kabine. Francesco bittet Frau Kytzburg um die Aufklärung dieses Vorfalls. Diese erinnert sich.

„Ach ja, Sie sind der hübsche junge Mann, der mir gestern seine Hilfe angeboten und nichts dafür verlangt hat. Ja natürlich, für solch einen netten Mann würde ich mein Vermögen ausgeben", sagt Frau Kytzburg verschmitzt. „Ja, diesen Ring habe ich dem Mann geschenkt. Das unterschreibe ich auch gerne."

Die Polizisten nehmen Francesco die Handschellen ab. Dieser ist sehr erleichtert. Er bedankt sich bei Rebecca und fragt: „Wie oft kann ein Engel einen eigentlich retten?"

Zufrieden verabschieden sie sich von Frau Kytzburg. Francesco und Rebecca trennen sich und jeder geht nach diesem Erlebnis erst einmal in seine Kabine.

‚Stimmt, langweilig wird es hier wirklich nicht', erinnert sich Rebecca an Frau Smiths Worte.

Drei Tage vor der Ankunft in Hawaii sitzt Rebecca wieder gemütlich in ihrer Kabine, wieder bei Musik und Kerzenschein. Sie denkt schon den ganzen Tag an ihre Mutter. Inzwischen könnte sie schon in Amerika operiert sein. Sie ruft ihre Schwester auf dem Mobiltelefon an:

„Hallo Gloria, habt ihr schon das Geld? Wie geht es Mutter?"

„Ja, Mutter ist operiert, das Geld haben wir, und ich bin jetzt bei ihr. Wie geht es dir?"

Rebecca erzählt ihrer Schwester von dem Geschehenen und dass sie auf der „Victory" ist. Sie ist beruhigt, dass ihre Mutter gerettet ist, die an einer seltenen Stoffwechselkrankheit litt und ohne diese wichtige Operation nur noch zwei Monate zu leben gehabt hätte. Gloria und Rebecca sind glücklich, dass Mutter die Operation gut überstanden hat. Rebecca will ihnen Geld schicken, damit sie sich Tickets für die „Victory" kaufen und sie sich alle wieder sehen können. Gloria willigt ein. Beruhigt beenden sie das Gespräch.

Rebecca bedient sich an der Kabinenbar. Sie nimmt eine kleine Flasche Chianti heraus und zieht sich das Kleid an, das ihr Frau Kytzburg geschenkt hat. Sie betrachtet sich im Spiegel. Das Kleid sitzt perfekt. Es ist lang, rückenfrei und mit hunderten von kleinen Steinen besetzt, die im Kerzenschein schimmern und glitzern. Mit ihren langen blonden Haaren und dem hübschen Gesicht sieht sie aus wie ein Engel. Sie zieht passende Schuhe an und geht an Deck, um die Sterne zu beobachten. Sie legt sich dazu auf den Liegestuhl, auf dem sie schon als blinder Passagier gelegen hat. Es ist schon ein Uhr, was die Ruhe an Deck erklärt. Es weht ein lauer Wind, die Sterne glänzen über ihr. Vom Tanzcafé an Bord ertönt wieder deutlich die volle Stimme der Sängerin, die einen Blues nach dem anderen singt. Weit und breit ist kein Passagier zu sehen. Aber es ist sehr schön, wie auf einer einsamen Insel. Tausende von Sternen stehen am Himmel. So viele Sterne hat Rebecca noch nie zuvor gesehen. Sie spiegeln sich in jedem Diamanten auf ihrem Kleid wider. Rebecca hat ihre Haare hoch gesteckt. Dieses Kleid bringt ihren wunderschönen Körper zur Geltung. Überwältigt von der Schönheit dieser Nacht, lehnt sie sich entspannt zurück. Sie träumt sich mitten in die Sterne hinein.

Plötzlich blickt sie in zwei funkelnde blaue Augen. Der Kapitän steht neben dem Liegestuhl, betrachtet Rebecca und sagt: „Guten Morgen. Ist alles in Ordnung?"

Rebecca setzt sich auf.

„Mein Dienst ist zu Ende und es ist ungewöhnlich, dass so spät noch eine junge Dame hier an Deck auf dem Liegestuhl liegt. Deshalb möchte ich mich nur erkundigen, ob alles okay ist", sagt er entschuldigend.

„Ja, danke", antwortet Rebecca mit einem bezaubernden Lächeln. Sie ist so wunderschön, dass sie den Kapitän vollkommen in ihren Bann zieht. Rebecca ist genau der Typ Frau, auf den er schon jahrelang gewartet hat. Mit ihrem Engelsgesicht und den langen blonden Haaren könnte sie vom Aussehen her seine Traumfrau sein.

Er fragt sie, ob sie ein Glas Champagner mit ihm trinken möchte.

„Ja, gerne", antwortet Rebecca freudig.

Er sagt: „Ich bin gleich wieder da, laufen Sie bitte nicht weg."

Schüchtern lächelt er sie an und geht ins Tanzcafé zwei Gläser Champagner holen. Minuten später setzt er sich neben Rebecca auf den zweiten Liegestuhl und öffnet die Flasche, und fragt: „Wir haben uns doch schon einmal gesehen?"

Er reicht ihr das halbvolle Glas und schenkt sich kurz darauf auch ein. Inzwischen hat Rebecca schon auf seine Frage geantwortet: „Ich heiße Rebecca, und ja, wir haben uns schon einmal gesehen, und zwar genau hier, an diesem Platz."

„Stimmt", erinnert er sich jetzt, „Sie sind doch der blinde Passagier. Wie geht es Ihnen denn? Fühlen Sie sich wohl an Bord?"

„Ja, sehr, danke für alles. Ich freue mich, hier als Zimmermädchen arbeiten zu dürfen. Sie haben mich gerettet. Ohne Sie wäre ich verloren gewesen", sagt Rebecca dankbar.

„Keine Ursache", meint er wohlwollend. „Wissen Sie, ich arbeite seit zehn Jahren als Kapitän auf der „Victory". Sie ist ein richtiges Luxusschiff, doch irgendwie fehlt mir oft die Heimat. Das liegt wahrscheinlich daran, dass ich bis jetzt noch nie die richtige Partnerin gefunden habe."

Beide trinken schweigend einen Schluck aus ihren Gläsern. Sie haben beide das Gefühl sich zu kennen.

Rebecca fühlt sich auch oft einsam. Sie vertraut ihm an, dass sie dieses Gefühl kennt und aus welchem Grund sie auf das Schiff gekommen ist. Sie erzählt auch von der seltenen Krankheit ihrer Mutter, dass sie gezwungen war, die Bank zu betrügen, wenn sie ihre Mutter retten wollte. Er ist ihr so vertraut.

Er erzählt ihr, dass er schon als kleiner Junge Kapitän werden wollte. Nur hat dies später keine Frau mitgemacht, da er meist auf See war. Seine Eltern waren auch dagegen. Nach dem Willen seiner Eltern hätte er Rechtsanwalt werden sollen, wie sein Vater. Dann wäre er auch immer zu Hause geblieben.

„Na, das habe ich jetzt davon. Meinen Willen habe ich durchgesetzt, doch die Einsamkeit lässt mich oft daran zweifeln, dass dies die richtige Entscheidung war." Dann erwähnt er etwas schüchtern, dass er seine eigene Vorstellung von einer Partnerin hat, die ihm jedoch leider noch nicht begegnet ist.

„Sie sollte sensibel, liebevoll, verständnisvoll und leidenschaftlich sein. Eine besondere Frau eben. Davon gibt es heutzutage nicht viele."

Rebecca stimmt ihm zu. Dann schaut er auf die Uhr.

„Wir sitzen jetzt schon so lange hier. Die Zeit ist so schnell vergangen! Verstehen Sie das? Es ist 5:30 Uhr morgens, und mit Ihnen war es keine Sekunde langweilig."

„Das beruht auf Gegenseitigkeit", sagt Rebecca lächelnd. Dann steht sie auf und meint: „Wenn es am schönsten ist, sollte man gehen. Noch zwei Stunden, dann muss ich arbeiten. Es war sehr schön, sich mit Ihnen zu unterhalten." Sie streckt ihm ihre Hand entgegen.

„Ganz meinerseits", drückt er ihr zärtlich die Hand, „auf Wiedersehen."

Seine Augen können nicht mehr verbergen, wie sehr er sie verehrt. Rebecca geht in ihre Kabine. Er trinkt sein Glas Champagner aus und zieht sich ebenfalls in seine Kabine zurück. Rebecca fühlt sich so sehr zu diesem Mann hingezogen. Sie hat das Gefühl ihn schon ewig zu kennen. In ihrer Kabine denkt sie ununterbrochen an die Nacht mit ihm an Deck.

Mit seinen dunkelblonden Haaren und den auffallend hellblauen Augen, die sie fast hilflos und doch sehnsuchtsvoll angeschaut haben, ist er für sie so etwas wie der Mann ihrer Träume. Doch keiner von ihnen beiden äußerte den Wunsch sich wiedersehen zu wollen. Na ja, denkt sie sich, Träume sind eben nichts Reelles.

Nachdem sie kein Auge zugemacht hat, sitzt Rebecca jetzt in der Küche und frühstückt mit Frau Smith, Monika und den anderen Arbeitskolleginnen. Frau Smith fragt, ob Rebecca Frau Kytzburg auf der Krankenstation besucht habe. Rebecca erzählt ihr, dass Frau Kytzburg eine sehr intelligente alte Frau sei. Und dass sie Francesco geholfen habe und ihr ein so schönes Kleid geschenkt hat.

„Frau Kytzburg ist eben manchmal durcheinander", sagt Rebecca.

„Ja, und wie!", pflichtet ihr Monika ein bisschen neidisch bei. „Zu mir war die noch nie nett. Wie hast du das nur geschafft, Rebecca?"

„Ich habe tiefen Respekt vor älteren Menschen, deshalb bin ich Frau Kytzburg auch nicht böse wegen der Bemerkung, die sie bezüglich des Brillantrings gemacht hat. Ich habe sie immer nett behandelt und ihr schließlich sogar das Leben gerettet", sagt Rebecca ganz stolz.

Nach dem Frühstück begibt sich Rebecca wie gewohnt an ihre Arbeit. Alle Passagiere sind beim Frühstück oder am Swimmingpool an Deck. Rebecca kann ihre Arbeit in den Kabinen ohne Verzögerungen erledigen. Dabei vergisst sie auch ihre Müdigkeit. Ich bin eben nicht mehr die jüngste, entschuldigt sie sich bei sich selbst. Ihre Arbeit erledigt sie unter Tagträumen, die Marc Benedikt, dem Kapitän, gelten. Sie denkt immerzu an ihn.

Auch Marcs Gedanken, der halbwegs ausgeschlafen um 16 Uhr seinen Dienst antritt, gehören Rebecca. Er sieht sie immer wieder vor sich, wie wunderschön sie aussah in diesem Kleid, wie sie vor ihm auf dem Liegestuhl lag. Schon jetzt fühlt er, dass er verliebt ist. Er muss sie wiedersehen. Morgen werden sie Hawaii erreichen. Er lässt sich kurz vom Ersten Offizier vertreten. Marc geht zum nächsten Telefon, nimmt den Hörer ab und sagt: „Hallo, guten Tag. Hier ist der Kapitän. Bin ich richtig verbunden mit der Gärtnerei?"

„Ja", erwidert eine Stimme.

„Ich habe einen Auftrag für Sie, den Sie bitte sobald wie möglich erledigen möchten."

„Alles klar", erwidert die andere Person.

„Bitte schicken Sie 14 rote Rosen in die Kabine von Rebecca Edward. Bitte schicken Sie auch einen Boten zu mir, dass dieser noch eine private Nachricht zusammen mit den Rosen überbringen kann."

„Wird erledigt", bestätigt der Gärtner am Telefon.

Marc ist erleichtert, dass er den Mut gefunden hat anzurufen. Die oder keine, sagt er sich.

Rebecca ist inzwischen schon längst in ihrer Kabine und telefoniert wieder mit Ihrer Schwester Gloria. Sie erzählte Rebecca, dass ihre Mutter zwar Komplikationen mit dem Kreislauf hatte, die Operation aber gut überstanden hat und jetzt geheilt ist.

„Mutter ist wieder gesund und es fängt ein neues Leben an."

Beide weinen vor Glück.

Es klopft an Rebeccas Kabinentür. Sie verabschiedet sich von ihrer Schwester und legt den Hörer auf.

„Hallo, Frau Edward? Eine Lieferung für Sie", hört sie eine männliche Stimme rufen.

„Moment, ich komme."

Rebecca öffnet die Tür.

„Dies soll ich Ihnen überreichen. Bitte unterschreiben Sie hier, dass ich Ihnen den Brief ausgehändigt habe."

Verblüfft unterschreibt Rebecca. Dann riecht sie an den Rosen und vermutet: ‚Ihm geht es wie mir.'

Sie liest die Nachricht: „Hiermit bitte ich Sie, heute Abend um 21 Uhr mit mir zu speisen. Treffpunkt Liegestuhl. Grüße, Marc Benedikt."

Rebecca fühlt sich wie auf Wolke sieben.

‚Was ziehe ich an?' überlegt sie. Sie entscheidet sich für das nachtblaue lange Samtkleid mit dem kleinen Ausschnitt. Die Haare steckt sie wieder hoch. Noch ein paar Tropfen von ihrem edlen Parfüm und alles ist perfekt.

Punkt 21 Uhr wartet sie am Liegestuhl. Marc kommt ihr entgegen.

„Guten Abend, Rebecca. Es freut mich, dass Sie gekommen sind."

Seine Augen leuchten vor Bewunderung. Er reicht ihr seinen Arm und geleitet sie zu ihrem Tisch im Restaurant. Stolz lächelt er sie an, während sie zärtlich ihre Hand an seinen Arm drückt.

Im Restaurant wird für den Kapitän immer ein besonderes Menü zubereitet. Die vielen Passagiere blicken neugierig auf Rebecca, als sie mit dem Kapitän das Bordrestaurant betritt. Sie ist verlegen und glücklich zugleich. Viele blicken voller Neid, besonders die Damen, da man Marc den Stolz und die Verliebtheit schon von weitem ansieht. Optisch sind sie das ideale Paar. Auch viele Männer haben Rebecca gesehen und bewundern die beiden.

Endlich sitzen sie am Tisch. Rebecca schätzt eher die zurückgezogene Stille. Auch diese Vorliebe verbindet die beiden. So üppig und vielfältig sah Rebecca noch nie einen Tisch gedeckt. Die beiden unterhalten sich ungestört und vorzüglich. Ein Wort wechselt das andere ab. Sie haben sich so viel zu sagen. Er findet Rebeccas natürliche Art amüsant, und auch ihr Lebenslauf fasziniert ihn. Er bewundert ihre Hilfsbereitschaft. Ein paar Tische weiter sitzt Frau Kytzburg beim Abendessen. Rebecca erzählt Marc, was sie mit Frau Kytzburg schon alles erlebt hat. Frau Kytzburg sitzt an Tisch sieben fast nebenan, aber sie sieht sehr schlecht und bekommt deshalb nichts mit.

„Sonst würde sie mir wie immer sofort einen guten Abend wünschen und irgendeine Bitte an mich richten", sagt Marc. „Sie will mich immer bezirzen. Es ist aber eine nette alte Frau, und ich habe Ehrfurcht vor älteren Menschen", fährt er Marc fort.

‚Wie ähnlich wir uns sind', denkt Rebecca.

Er spricht weiter: „Frau Kytzburg ist sehr reich. Nur deshalb kann sie es sich leisten, Dauergast auf diesem Schiff zu sein. Seit zehn Jahren fährt sie schon mit und hofft immer noch, den richtigen Mann zu finden. Doch leider wurde ihr dieser Wunsch nach dem Tod ihres Mannes noch nicht erfüllt. Nur ich verehre sie natürlich. Heimlich, versteht sich."

Marc lächelt schelmisch und zeigt dabei seine strahlend weißen Zähne. Er lädt Rebecca geradezu dazu ein, ihn zu küssen. Sie ist so fasziniert davon, wie er von dieser alten Frau spricht, dass sie ihm in die Augen blickt und ihn küsst. Er ist sprachlos und genießt. Nun beginnt wieder ein Blues. Marc steht vom Tisch auf.

Er hat nur Blicke für Rebecca: „Darf ich bitten?"

Sie gehen auf die Tanzfläche. Er hält sie zärtlich in seinen Armen. Beide sind fast wie in einer anderen Welt. Sie wiegen sich im Blues. Rebecca spürt, wie sein Körper erbebt. Oder war es der ihre? Mit tiefer zärtlicher Stimme flüstert er ihr ins Ohr, dass dieser Moment bitte nie enden solle. Sie geben sich dem Gefühl hin. Ein paar Minuten später folgt ein schnelleres Lied. Die anderen Tanzpaare engen jetzt die Tanzfläche ein. Marc nimmt Rebecca an der Hand.

„Komm mit, wir gehen nach oben."

Rebecca folgt ihm gerne. Sie gehen über das Deck, bis sie auf der Brücke angelangt sind. Er erlaubt seinem Ersten Offizier, sich in seine Kabine zurückzuziehen. Esist eine herrliche Aussicht auf die stille See. Aus dem Tanzcafé schallt Musik zu ihnen hinauf. Marc steht hinter Rebecca und umfasst beschützend ihre Taille. Sie spürt sein Herz heftig schlagen, führt seine Hand zu ihrem Herzen und lässt ihn fühlen, wie auch das ihre fast zerspringt. Er lächelt.

„Siehst du, sogar das Herzrasen haben wir gemeinsam."

Sie dreht sich zu ihm um und küsst ihn innig und leidenschaftlich. Beide verschmelzen innerlich in ihrer Leidenschaft. Mit sehnsuchtsvollen Augen schaut sie ihn an. Er kann einfach nicht mehr anders. Die beiden genießen jede Sekunde. Zufrieden liegen sie sich bei Sonnenaufgang in den Armen. Das Glück erfüllt sie vollkommen. Sie fühlen, dass sie füreinander bestimmt sind.

Marc sagt: „Bleib bei mir, ich liebe dich. Falls du es dir vorstellen kannst, mit mir auf diesem Schiff als meine Frau mitzureisen, dann heirate mich bitte und mach mich zum glücklichsten Mann der Welt."

Sie schaut ihn an und sagt kurz entschlossen: „Ja, ich liebe dich auch und will dich."

Ihre Küsse nehmen kein Ende mehr. Nun erblickt Marc in der Ferne Hawaii.

„In vier Stunden sind wir in Hawaii", sagt er freudig. „Die Bordbesatzung darf das Schiff für ein paar Stunden verlassen. Willst du mit mir zur Insel kommen?"

„Ja, natürlich", freut sich Rebecca. Sie verabschiedet sich mit einem flüchtigen Kuss und rückt ihr Kleid zurecht.

„Wir treffen uns um 14 Uhr an unserem Liegestuhl."

Er nimmt sie noch einmal in den Arm und küsst sie liebevoll zum Abschied. Überglücklich eilt Rebecca in ihre Kabine und legt sich noch ein paar Stunden hin.

Als sie aufwacht, denkt sie nach. Sie ist so glücklich, Marc kennen gelernt zu haben. Sie liebt ihn so sehr. Sie geht duschen und zieht sich etwas Sportliches an. Es klopft an ihrer Tür.

„Es ist offen!", ruft Rebecca.

Marc steht vor ihr, in Jeans und einem Hemd, das zu seinen blauen Augen passt.

„Na, Frau Benedikt, bist du reif für die Insel?" lacht er.

„Ja, Liebling", erwidert sie scherzend. Wie ein altes Ehepaar! Darüber lachen beide euphorisch in ihrem Liebesglück.

Alle Passagiere, die zur Insel wollen, werden mit dem Motorboot zur Insel gefahren. Direkt am Strand werden sie schon von einigen Hawaiianern mit Blumenkränzen begrüßt.

Das Wasser ist paradiesisch, türkisblau. Hand in Hand begutachten Rebecca und Marc die Insel. In einem kleinen Bistro sie gerade ihr Menü, als Francesco zu ihnen an den Tisch tritt und ihnen einen guten Tag wünscht.

Rebecca stellt Francesco Marc vor. Etwas eifersüchtig auf Marc erzählt er Rebecca, dass seine Tante ihm das Restaurant tatsächlich vererbt habe und er nur noch unterschreiben müsse. Er wolle auf der Insel bleiben.

„Das freut mich für dich", meint Rebecca. „Ich komme dich jedenfalls besuchen, wenn wir nach

Hawaii kommen. Ich bringe dir auch ein paar Rezepte aus Deutschland mit, für die Touristen, die dein Restaurant besuchen."

„Okay, vielen Dank, Rebecca. Leb wohl."

Rebecca verabschiedet sich von Francesco.

Ein wenig eifersüchtig sagt Marc: „Der ist aber noch jung."

„Wir sind gute Freunde", klärt ihn Rebecca auf. „Diese Geschichte habe ich dir im Bordrestaurant erzählt, die Sache mit dem Ring."

Mit einem zufriedenen „Ach" nimmt Marc Rebecca wieder in den Arm.

„Ich benehme mich wie ein dummer Junge."

„Stimmt", lächelt Rebecca provozierend, und mit einem Klaps auf Marcs Allerwertesten verlässt sie mit ihm das Bistro.

Sie schäkern, reden und lachen den ganzen Nachmittag bis in den späten Abend hinein.Zum Abschluss tanzen sie noch in einer Disco, bis sie das letzte Boot wieder zurück zur „Victory" nimmt. Das Motorboot bringt mit ihnen auch alle restlichen Passagiere an Bord.

Das ausgelassene Lachen von Rebecca und Marc ist bis zur „Victory" zu hören. Marc liegt in Rebeccas Armen und himmelt sie an. So glücklich waren beide noch nie mit einem anderen Menschen.

„Ich glaube, wir sind Seelenverwandte", sagt Marc.

„Ja, ich glaube auch", stimmt ihm Rebecca mit einem zärtlichen Kuss zu. Sie gehen zusammen an Bord.

„Es ist etwa Mitternacht. Ich glaube, ich lege mich heute etwas früher hin", meint Marc. „Ich glaube, ich habe mir vorhin etwas den Magen verdorben." Scherzhaft fügt er hinzu: „Ich weiß nicht, ob an deinem Verehrer oder am Essen."

Beide lachen. Sie umarmen sich wieder. Er sagt: „Gute Nacht, mein Engel." Dann dreht er sich um und geht. Nach ein paar Schritten sinkt Marc zu Boden. Rebecca geht erschrocken zu ihm hin, hebt seinen Kopf an und ruft um Hilfe. Ein Arzt, der zufällig in der Nähe an Deck steht, eilt herbei.

„Er ist ohnmächtig. Wir müssen sofort einen Notarzt rufen."

Geschockt läuft Rebecca zum nächsten Notknopf. Hilfe eilt herbei. Marc wird auf einer Trage zur Krankenstation gebracht. Rebecca weicht nicht von seiner Seite. Eilig wird Marc in einem separaten Raum untersucht. Rebecca hält das Warten kaum aus. Sie versteht dies alles nicht. Eben lag Marc noch in ihren Armen, lebendig und glücklich.

Die Tür geht auf. Der ernste Gesichtsausdruck des Arztes lässt das Schlimmste vermuten.

„Ich habe den Kapitän kaum wieder erkannt. Ich muss seine Familie benachrichtigen."

Er schaut Rebecca an: „Nein, er ist nicht tot. Er hat aber eine schwere Lebensmittelvergiftung und liegt im Koma. Wir können nur hoffen, dass er die nächsten 48 Stunden überlebt."

Rebecca weint. Eben war er doch noch so lebendig!

„Glauben Sie mir, Glaube und Liebe können Wunder vollbringen. Niemand darf bis morgen zu ihm. Dann sehen wir weiter. Ich bleibe selbstverständlich bei ihm", sagt der Doktor, um Rebecca zu beruhigen.

In ihrer Kabine angekommen weint Rebecca die ganze Nacht. Am Morgen geht sie wie immer während der letzten Tage in die Küche.

Frau Smith sagt: „Dass der Kapitän im Koma liegt, haben wir gestern Abend erfahren. Dass sich eine Liebe zwischen euch entwickelt hat, erstaunt mich. Trotzdem freue ich mich natürlich für Sie, Rebecca. Verlieren Sie die Hoffnung nicht."

Frau Smith beurlaubt Rebecca für zwei Tage. Sofort eilt sie zur Krankenstation und erkundigt sich beim Arzt nach Marcs Befinden. Mit einem Seufzer erklärt der Doktor ihr, dass Marc dringend ein Medikament aus Berlin benötige. Nur damit könne man ihm das Leben retten.

„Aber auch für privat Versicherte wird kein Flugzeug nur wegen einer Spritze die ganze Strecke nach Hawaii fliegen. Dieses Bistro, in dem Sie gestern gespeist haben, wurde heute Morgen sofort geschlossen. Deshalb ist hoffentlich nicht noch mit mehr Vergiftungsfällen zu rechnen."

Traurig geht Rebecca in ihre Kabine zurück. Ein kleines Briefchen wurde unter dem Türschlitz durchgeschoben.Rebecca öffnet es.

„Liebe Rebecca!", beginnt er. In altdeutscher Schrift, die Rebecca kaum entziffern kann. „Bitte kommen Sie zu mir in meine Kabine. Kytzburg."

Rebecca geht sofort zu Frau Kytzburg. Sie will gerade klopfen, da sagt die alte Frau freundlich: „Kommen Sie herein, Rebecca."

„Warum haben Sie nach mir gerufen?", fragt Rebecca Frau Kytzburg.

„Ich habe erfahren, dass Marc sehr krank ist, und ich möchte helfen", sagt Frau Kytzburg. „Dort steht ein Telefon. Bitte rufen Sie den Doktor an, Rebecca. Die Nummer ist 2020. Ich kann es nicht, da ich so schlecht sehen kann. Geben Sie mir dann den Hörer, bitte."

Rebecca tut dies. Frau Kytzburg nimmt den Hörer und spricht selbst mit dem Doktor.

„Ich möchte den Flug nach Berlin bezahlen. Bitte veranlassen Sie alles Nötige", sagt sie zum Doktor. Danach legt Frau Kytzburg den Hörer wieder auf.

Rebecca ist Frau Kytzburg so dankbar, dass sie sie liebevoll umarmt.

„Du wirst eine wunderschöne Braut sein", meint Frau Kytzburg. „Gib die Hoffnung nicht auf. Marc ist stark. Er wird es schon um eurer Liebe Willen überleben."

Rebecca wartet im Flur vor der Krankenstation. Der Doktor geht über den Flur und sagt, dass alles bis jetzt noch unverändert sei.

„In sechs Stunden ist das Flugzeug aus Berlin hier am Flughafen. Das Medikament wird dann sofort hergebracht."

Rebecca legt sich in ihrer Kabine verzweifelt ins Bett. Sie ruft ihre Schwester Gloria an und erzählt ihr alles.

Gloria hat ein offenes Ohr für Rebecca.

„Da Mutter nächste Woche geheilt aus der Klinik entlassen werden wird, werden wir zu dir auf die ‚Victory' kommen. Mutter freut sich auch schon. Rebecca, Kopf hoch! Es wird alles gut gehen. Glaub an die Liebe! Du siehst ja an Mutter, dass Wunder geschehen können."

Rebecca bedankt sich für die tröstenden Worte Glorias und verabschiedet sich. Sie denkt an die leidenschaftliche Nacht mit Marc, an seine Küsse und Worte.

‚Nein, es kann nicht vorbei sein, bevor es richtig begonnen hat', denkt sie sich. Das erste Mal seit langer Zeit betet Rebecca. Sie denkt auch an ihren verstorbenen Vater, den sie sehr geliebt hat. Spät in der Nacht fällt sie in einen traumlosen Schlaf.

Früh morgens schreckt sie auf. Sie springt aus dem Bett, macht sich etwas frisch und geht voller Erwartung zur Krankenstation. Der Arzt öffnet die Tür sofort.

„Ich habe Sie schon erwartet. Ich habe Marc das Mittel gespritzt. Jetzt muss sich etwas tun."

Der Doktor erlaubt Rebecca, sich neben Marc zu setzen. Der ist immer noch im Koma. Zärtlich hält Rebecca Marcs Hand. Die Zeit vergeht. Nichts verändert sich. Der Arzt schüttelt nachdenklich den Kopf.

„Es muss wirken."

In diesem Moment bekommt Marc einen Herzstillstand.

Schnell versucht der Doktor Marc zu reanimieren. Er versucht es ein letztes Mal. Rebecca ruft Marcs Namen und weint.

Sie sitzt verzweifelt am Bett. Plötzlich schlägt Marcs Herz wieder. Rebecca küsst seine Hand. Sie fühlt deutlich, dass Marc mit dem Daumen ihre Hand streichelt. Immer mehr, bis er ihre Hand zärtlich drückt und seine Augen öffnet. Er sagt total erschöpft: „Ich liebe dich auch."

Rebecca ruft den Doktor.

„Er ist aus dem Koma erwacht."

Der Doktor schaut nach Marc.

„Er schläft jetzt wieder. Er wird es schaffen", sagt der Doktor, als ob ihm ein Stein vom Herzen fiele.

Rebecca bleibt an Marcs Seite. Nach einigen Stunden wird Rebecca von Marcs Stimme geweckt. Seine Augen sind offen und er möchte Wasser. Der Arzt sagt Rebecca, dass dies ein sehr gutes Zeichen sei und Marc soviel trinken dürfe, wie er möchte.

Marcs Eltern sind nun an Bord eingetroffen. Sie erkundigen sich nach ihrem Sohn. Der Doktor bestätigt ihnen, dass er nun außer Lebensgefahr sei. Rebecca kommt in diesem Augenblick aus dem Krankenzimmer. Die Eltern schauen sie erstaunt an. Rebecca reicht zuerst Marcs Mutter die Hand und stellt sich vor. Auch der Vater ist erfreut.

Marc geht es von Tag zu Tag sichtlich besser. Nachdem Rebeccas Mutter und ihre Schwester auf der „Victory" eingetroffen sind, findet auf dem Traumschiff eine wahrhaft traumhafte Hochzeit statt. Mit einer älteren Dame als Trauzeugin.

Wellen der Sehnsucht

Zeitfracht Medien GmbH
Ferdinand-Jühlke-Straße 7
99095 Erfurt, Deutschland
produktsicherheit@kolibri360.de